土用波＊目次

序句　長谷川櫂　1
一　7
二　25
三　43
四　61
五　81
六　101
七　123
あとがき　145
季語索引　146
初句索引　159

句集

土用波

一

初春や梅も紅葉も京人参

数の子を噛んで聞かする赤子かな

九十の父母に蓬萊日和かな

富士はまだ雪深々と春立ちぬ

紅梅と朝の挨拶交しけり

一輪の梅待ちをれば梅二輪

針供養さぞや蒟蒻痛からん

江ノ電や次から次へ白もくれん

はくれんは光放ちては散華せり

一幹の竹に声あり利休の忌

渚ゆく心卯波にさらはるな

全身で行方を探る毛虫かな

いたはりのつひの一鍬筍に

筍の次々に立つ寺の裏

五月雨やけふ静かなる日曜日

更衣防虫の香に疲れけり

牛蛙腹の底から重低音

渓谷に雨や昼餉の洗鯉

山百合のまつすぐな香を山廬かな

田植ゑて後ひろびろと今朝の雲

伊勢丹や大きバケツに鉄砲百合

今朝の秋たるめば見ゆる蜘蛛の糸

桃の実の硬きが旨し山盧かな

山の出汁また海の出汁子芋かな

母のため梨賽の目に刻みけり

露草に露受けとめる唇のあり

冬といふ頼もしきもの冬に入る

半島の丘の畑の大根引く

長老の一弾をもて猟はじめ

二

初日浴び眉根気高き赤子かな

誉められていよよ華やぐ春着かな

手巻き寿司春着の袖をたくし上げ

風来の隣の猫の礼者かな

大枝の梅投げ入れん破れ壺

白魚や小皿につもる春の雪

雛段や障子あければ朝日射す

黒髪を羽で一拭き雛納め

今ごろは春来てゐるか五合庵

土佐風に大皿に盛る初鰹

座敷まで煮梅匂ふや祖母の家

青嵐ばさらばさらと髪なぶる

白妙の山梔子の花重たからん

一滴が馳走のはじめ夏料理

クリームにまどろむ苺ケーキかな

半島の海のパエリア南風

花鳥の格天井の明け急ぐ

落し文さもやはらかく巻き加減

蜘蛛の囲の雨に破れてなほ形

日々草雨止みてまた咲きはじむ

背をすべり落ちるな茄子の裸馬

放牧の馬も眠るか天の川

ほうとして道を照らすや盆の月

塗椀の沈金くもる秋暑し

くつきりと台風の目の睨みつつ

冬瓜の平左衛門のころがれり

白菜も蕪もとれたて冷んやりと
大根のひたとわが手に持ち重る

関東の恵みのひとつ小春空
大阪に住めば懐かし近松忌

三

初鏡馴れて親しき今の顔

海老蔵をにらみかへさん初芝居

老いめでた若草色の春着こそ
眠さうなわが家の神へ初詣

二階からわが家の庭の梅見せん

菱餅を召されし唇の清らかな

かんばせをゆるくくるみて雛納む

藁ぬいてまた並べおく目刺しかな

流氷の真白き欠片ひしめき来

花冷や豆を煮ながら思ふこと

大岡信先生逝去

忘れめやこの家のこの大桜

初音して雨の柩を見送りぬ

今さらに母は尊し柏餅

母の日や母を真中に中華卓

さびしさも一段落の昼寝かな

思ひ出にときどき止まる団扇かな

折れ枝をまねて尺取ぶら下がる

すばやさの尾へと流るる蜥蜴かな

小さき子は小さなリュック帰省かな

海の家シャワーの後はカレーライス

白髪とて同じ手触り髪洗ふ

攻めし国かならず負くる敗戦忌

子まご無きわが身養へ敬老日

大鱸くまなく月の照らしけり

ムニエルの銀焦がしたる鱸かな
啜る茶に温もるまぶた冬の朝

蠅歩む障子の音のきこえけり

着ぶくれて転がり出でん風の街

着ぶくれて車内でかばふケーキ箱
忘れえず外套を着て待つ姿

冬空や動いてゐるか観覧車

四

湯に浸るはだか幸あれ今朝二日

彫師刷師をんな働く江戸の春

めでたさをひとつかさねて花びら餅

鶯替の必要もなき齢かなな

猫の目に春のみぞれの降りしきる
淡紅の霞の立ちて花いまだ

痛さうや赤き莟のふくらむは

氷山のぐらりと傾ぐ闇の中

鵲のかひがひしくも夫婦らし
朧夜の砂場の子どもも誰ならむ

蕗の筋とりつつ母と語りし日

大方は名を知らぬ墓義士まつり

山径を今よぎりしは山鳥か

梅酒瓶梅の一粒沈みけり

禅寺やしんじつ紅き百日紅

山廬

行く夏やいよよ勢ふ狐川

桃の畑甲斐の連山大昼寝

鳴き止んで吾うかがふか幹の蝉

蝙蝠のなきがらひしと羽畳む

口中に氷ころがし昼一人

黙々と水仕事する大暑かな

行く夏の万年筆を洗ひけり

流れ藻をしとねにしたき溽暑かな

十代の神田界隈かき氷

昔ここ村の濯ぎ場石叩

霧の奥から絶壁の妙義山

今ごろは秋風立つや道後の湯

伊予に生れ伊予懐かしき子規忌かな

家神の旅路祈らん留守の棚

父母を連れていづこへ年を越す

昨夜何に腹を立てしか初氷

侘助のかじかみながら開きけり

鬼やらひ鬼は金棒ひびかせて

千代の富士名入りの桝や鬼やらふ

五

弓始一矢もてみなあらたまる
ふしぎげに我を見る嬰や花の春

雲に立つ真白き富士も春の空

転倒、怪我

借景の花見しづかや昼一人

藤老いて瑞々しくも花ざかり

物干場あちらこちらの山笑ふ

春愁や白髪きらと胸の上

若き日に比すれば軽し春愁ひ

金髪の子らと突き合ふ紙風船
紙風船空気押しつつ畳みけり

いつせいに色消して鳴る風車
もどりたき菜の花畑の世界かな

解くといへど疾くとはゆかず粽解く

百合揺るる村の小道を軽井沢

立石寺

山寺の無数の穴の涼しさよ

鵜老いていたはられつつ水潜る

多摩川や武相境の鮎の宿

河童くれし鮎に山川香りけり

こんなもんではおまへんえ京の夏
羅や舞の先生いと厳し

竹の骨硬きを開き舞扇
遠き日に掬ひし泉なほこんこん

長井亜紀さん追悼

何想ふ陽にかざすたびサングラス

名月や庭木をわたる蜘蛛の糸

花びらの奥の奥まで菊白し

夢にまた見知らぬ国の大花野

ブルーマーの脚細かりき運動会

折詰めに青蜜柑あり運動会

降りやまぬ雪を語らん一茶の忌

山駆けるきほひそのまま牡丹鍋

落葉枯葉掃けばたちまち粉々に
ロンドンの枯葉降る音もの凄し

ええもんや錦小路の年暮れて

六

読初めの百人一首みな恋歌

福藁でぽつくり拭ふ舞妓かな

歌舞練場なんと大きな鏡餅

十重二十重真中に阿国花の舞

大勢の足湯しづかや花曇り

逃水となりてかの人遠ざかる

失恋か花粉のせゐかいざしらず
昼過ぎて鰆焼く香も京の露路

故郷や車窓はるかに凧
ぴちぴちと花の命や桜えび

さきがけて横浜港は春らしく
昼酒は遊山のはじめ箱田楽

桜鯛持ち上げて見せ包丁す

江の島や殻ごと浅蜊スパゲティ

白南風や鱗の乾く海士の膝

富士山をときどき揺らす団扇かな

また詣でたき炎天の高野山

祖母もぎて十二の吾へ甜瓜

傘立てに捕虫網あり大玄関

藻の花に足ゆらゆらと夏の川

コロナ禍

祇園会や今年しづかな東山

酢沁みてほのとくれなゐ新生姜

老年に壮気いくばく白きシャツ
けふもまた極暑ゴーヤの力得ん

涼しさを目にもの見せんところてん

ゆく夏の山河はるかに広島忌

西瓜食ふラジオの音がどこからか

松茸の籠高下駄の板前は

浮くとなく沈むともなく新豆腐

皮ぱりと箸に張り裂け初秋刀魚

無花果はまづやはらかく握るもの

寒怒濤海の老いたる姿かな

飢ゑ餓《かつ》ゑ海辺さまよふ羆かな

塩鮭やなほもきほひの鼻曲り

寒海苔や朝餉にしじまありし頃

寒蜆石の音たて笊の中

節分の鬼と躍るや老芸妓

七

猿廻し素早く肩に戻りけり

何呑みて火の粉哄笑どんど焼

正月に終りあることめでたけれ
若返る力たちまち蓬餅

眠られぬ一夜に去りぬ春一番

霾や人智を嗤ふ風の神

風船売り去りて閑散パリは昼

コロナ禍

焼かれゐる蛤しづか浜は昼

満天星《どうだん》の花ひとつづつ水の玉

古池のひたと動かず花筏

佐々木まきさん追悼

春風の声の名乗りもあれつきり

夕刊をとるやまくなぎ払ひつつ

老いはさて病来ぬ間の白団扇

風来ますな料理を運ぶ床涼み

貴船笹けさの雫の葛饅頭

音のみの花火うるはしの夜の風

草取りのあとのうたた寝草の夢

冷しやぶに野菜ざくざく昼餉とす

鍛錬の火箸風鈴澄みわたる

コーヒーゼリー父の紫煙の記憶あり

窯変の茄子や茸や精進揚げ

海の底空の果てから土用波

宙に吊る白きロープのハンモック
極彩の塵の蜘蛛の子石に散る

曽根崇さん追悼

夏潮の香りのこの句あの句かな

峠から見知らぬ村の遠花火

棉の桃むかしアメリカ土産とす

切り口の栗真つ二つ栗ようかん

園田靖彦さん句集『曾良の島』

秋潮のみちて岩打つ曾良の島

義仲寺や湖は昔の秋の暮

机の灯いよよ眩しき夜寒かな

小さな子木の実ひとつを守りとす

趙栄順さん

「白《はく》」といふ句集めくらん白き風

すき焼や心斎橋で酔ひしこと

牡蠣フライ潮の香りの熱からん

少し右少し左と注連飾る

松飾る手に風花の舞ひはじむ

姥ぶりをたがひに自慢年忘れ

あとがき

『土用波』は私の初めての句集です。古志に入会した二〇一二年春から二〇二三年までの句作から二三三句を収めました。七つの章に分け、作句の年に関わりなく、各章季節ごとに句を配しました。

長谷川櫂先生には、ご懇切な選とご指導、さらに身に余る序句を賜りました。心より御礼申し上げます。

古志に入会する以前は、俳句は愛誦し、読むものでしたが、作句するようになり、改めて俳句の文学としての奥深さ、広大さに感じ入っております。

今後とも、長谷川櫂先生、大谷弘至主宰のご指導を賜り、句友に学びながら、俳句を探求していきたいと願っております。

出版にあたっては、青磁社の永田淳様、装幀の加藤恒彦様に心より御礼申し上げます。

二〇二四年　秋

越智　淳子

季語索引

あ行

青嵐【あおあらし】（夏）
　青嵐ばさらばさらと髪なぶる　三二
秋風【あきかぜ】（秋）
　今ごろは秋風立つや道後の湯　七六
　「白」といふ句集めくらん白き風　一四一
秋の暮【あきのくれ】（秋）
　義仲寺や湖は昔の秋の暮　一三九
秋の潮【あきのしお】（秋）
　秋潮のみちて岩打つ曾良の島　一三九
明易【あけやす】（夏）
　花鳥の格天井の明け急ぐ　三五
浅蜊【あさり】（春）
　江の島や殻ごと浅蜊スパゲティ　一〇九
天の川【あまのがわ】（秋）
　放牧の馬も眠るか天の川　三七
鮎【あゆ】（夏）
　河童くれし鮎に山川香りけり　九一
　多摩川や武相境の鮎の宿　九一
洗膾【あらい】（夏）
　渓谷に雨や昼餉の洗鯉　一七
泉【いずみ】（夏）
　遠き日に掬ひし泉なほこんこん　九三
苺【いちご】（夏）
　クリームにまどろむ苺ケーキかな　三四
無花果【いちじく】（秋）
　無花果はまづやはらかく握るもの　一一八
一茶忌【いっさき】（冬）
　降りやまぬ雪を語らん一茶の忌　九七
芋【いも】（秋）
　山の出汁また海の出汁子芋かな　二〇
牛蛙【うしがえる】（夏）
　牛蛙腹の底から重低音　一七

羅【うすもの】（夏）
羅や舞の先生いと厳し　九二
鶯替【うそかえ】（新年）
鶯替の必要もなき齢かな　六四
団扇【うちわ】（夏）
老いはさて病来ぬ間の白団扇　一三一
思ひ出にときどき止まる団扇かな　五二
富士山をときどき揺らす団扇かな　一一〇
卯波【うなみ】（夏）
渚ゆく心卯波にさらはるな　一四
梅【うめ】（春）
一輪の梅待ちをれば梅二輪　一一
大枝の梅投げ入れん破れ壺　二九
梅酒【うめしゅ】（夏）
梅酒瓶梅の一粒沈みけり　六九
梅見【うめみ】（春）
二階からわが家の庭の梅見せん　四七
運動会【うんどうかい】（秋）
折詰めに青蜜柑あり運動会　九六
ブルーマーの脚細かりき運動会　九六
炎天【えんてん】（夏）
また詣でたき炎天の高野山　一一一
扇【おうぎ】（夏）
竹の骨硬きを開き舞扇　九三
落葉【おちば】（冬）
落葉枯葉掃けばたちまち粉々に　九八
落し文【おとしぶみ】（夏）
落し文さもやはらかく巻き加減　三五
朧【おぼろ】（春）
朧夜の砂場の子ども誰ならむ　六七

か行

外套【がいとう】（冬）
忘れえず外套を着て待つ姿　五九
鏡餅【かがみもち】（新年）
歌舞練場なんと大きな鏡餅　一〇四

牡蠣【かき】（冬）
牡蠣フライ潮の香りの熱からん　一四二
風車【かざぐるま】（春）
いつせいに色消して鳴る風車　八八
鵲の巣【かささぎのす】（春）
鵲のかひがひしくも夫婦らし　六七
柏餅【かしわもち】（夏）
今さらに母は尊し柏餅　五一
数の子【かずのこ】（新年）
数の子を噛んで聞かする赤子かな　九
霞【かすみ】（春）
淡紅の霞の立ちて花いまだ　六五
髪洗ふ【かみあらう】（夏）
白髪とて同じ手触り髪洗ふ　五五
神の留守【かみのるす】（冬）
家神の旅路祈らん留守の棚　七七
枯葉【かれは】（冬）
ロンドンの枯葉降る音もの凄し　九八

河鵜【かわう】（夏）
鵜老いていたはられつつ水潜る　九〇
川床【かわゆか】（夏）
風来ますな料理を運ぶ床涼み　一三一
寒蜆【かんしじみ】（冬）
寒蜆石の音たて笊の中　一二〇
祇園会【ぎおんえ】（夏）
祇園会や今年しづかな東山　一一三
菊【きく】（秋）
花びらの奥の奥まで菊白し　九五
義士祭【ぎしさい】（春）
大方は名を知らぬ墓義士まつり　六八
帰省【きせい】（夏）
小さき子は小さなリュック帰省かな　五四
着ぶくれ【きぶくれ】（冬）
着ぶくれて転がり出でん風の街　五八
着ぶくれて車内でかばふケーキ箱　五九
霧【きり】（秋）

霧の奥から絶壁の妙義山　七五
草取【くさとり】（夏）
草取りのあとのうたた寝草の夢　一三三
草餅【くさもち】（春）
若返る力たちまち蓬餅　一二六
葛饅頭【くずまんじゅう】（夏）
貴船笹けさの雫の葛饅頭　一三二
梔子の花【くちなしのはな】（夏）
白妙の山梔子の花重たからん　三三
熊【くま】（冬）
飢ゑ餓ゑ海辺さまよふ羆かな　一一九
蜘蛛の囲【くものい】（夏）
蜘蛛の囲の雨に破れてなほ形　三六
蜘蛛の子【くものこ】（夏）
極彩の塵の蜘蛛の子石に散る　一三六
栗羊羹【くりようかん】（秋）
切り口の栗真つ二つ栗ようかん　一三八
敬老の日【けいろうのひ】（秋）
子まご無きわが身養へ敬老日　五六
毛虫【けむし】（夏）
全身で行方を探る毛虫かな　一四
原爆忌【げんばくき】（秋）
ゆく夏の山河はるかに広島忌　一一五
紅梅【こうばい】（春）
紅梅と朝の挨拶交しけり　一一
蝙蝠【こうもり】（夏）
蝙蝠のなきがらひしと羽畳む　七二
氷水【こおりみず】（夏）
口中に氷ころがし昼一人　七二
十代の神田界隈かき氷　七四
極暑【ごくしょ】（夏）
けふもまた極暑ゴーヤの力得ん　一一四
木の実【このみ】（秋）
小さな子木の実ひとつを守りとす　一四〇
小春【こはる】（冬）
関東の恵みのひとつ小春空　四一

更衣【ころもがえ】（夏）
更衣防虫の香に疲れけり　一六
昆虫採集【こんちゅうさいしゅう】（夏）
傘立てに捕虫網あり大玄関　一一二

さ行

左義長【さぎちょう】（新年）
何呑みて火の粉哄笑どんど焼　一二五
桜【さくら】（春）
忘れめやこの家のこの大桜　五〇
桜蝦【さくらえび】（春）
ぴちぴちと花の命や桜えび　一〇七
桜鯛【さくらだい】（春）
桜鯛持ち上げて見せ包丁す　一〇九
サマーハウス【さまーはうす】（夏）
海の家シャワーの後はカレーライス　五四
五月雨【さみだれ】（夏）
五月雨やけふ静かなる日曜日　一六
百日紅【さるすべり】（夏）
禅寺やしんじつ紅き百日紅　七〇
猿廻し【さるまわし】（新年）
猿廻し素早く肩に戻りけり　一二五
鰆【さわら】（春）
昼過ぎて鰆焼く香も京の露路　一〇六
サングラス【さんぐらす】（夏）
何想ふ陽にかざすたびサングラス　九四
残暑【ざんしょ】（秋）
塗椀の沈金くもる秋暑し　三八
秋刀魚【さんま】（秋）
皮ぱりと箸に張り裂け初秋刀魚　一一七
塩鮭【しおざけ】（冬）
塩鮭やなほもきほひの鼻曲り　一一九
子規忌【しきき】（秋）
伊予に生れ伊予懐かしき子規忌かな　七六
注連飾る【しめかざる】（冬）
少し右少し左と注連飾る　一四二

尺蠖【しゃくとり】（夏）
折れ枝をまねて尺取ぶら下がる　五三
終戦記念日【しゅうせんきねんび】（秋）
攻めし国かならず負くる敗戦忌　五五
春愁【しゅんしゅう】（春）
春愁や白髪きらと胸の上　八六
若き日に比すれば軽し春愁ひ　八六
正月【しょうがつ】（新年）
正月に終りあることめでたけれ　一二六
障子【しょうじ】（冬）
蠅歩む障子の音のきこえけり　五八
溽暑【じょくしょ】（夏）
流れ藻をしとねにしたき溽暑かな　七四
白魚【しらうお】（春）
白魚や小皿につもる春の雪　二九
白南風【しろはえ】（夏）
白南風や鱗の乾く海士の膝　一一〇
新生姜【しんしょうが】（夏）
酢沁みてほのとくれなゐ新生姜　一一三
新豆腐【しんどうふ】（秋）
浮くとなく沈むともなく新豆腐　一一七
新海苔【しんのり】（冬）
寒海苔や朝餉にしじまありし頃　一二〇
西瓜【すいか】（秋）
西瓜食ふラジオの音がどこからか　一一六
杉の花【すぎのはな】（春）
失恋か花粉のせゐかいざしらず　一〇六
鋤焼【すきやき】（冬）
すき焼や心斎橋で酔ひしこと　一四一
鱸【すずき】（秋）
大鱸くまなく月の照らしけり　五六
ムニエルの銀焦がしたる鱸かな　五七
涼し【すずし】（夏）
山寺の無数の穴の涼しさよ　九〇
鶺鴒【せきれい】（秋）
昔ここ村の濯ぎ場石叩　七五

節分【せつぶん】（冬）
　節分の鬼と躍るや老芸妓　一二一
蟬【せみ】（夏）
　鳴き止んで吾うかがふか幹の蟬　七一
ゼリー【ぜりー】（夏）
　コーヒーゼリー父の紫煙の記憶あり　一三四

た行

大根【だいこん】（冬）
　大根のひたとわが手に持ち重る　四〇
大根引く【だいこんひく】（冬）
　半島の丘の畑の大根引く　二三
大暑【たいしょ】（夏）
　黙々と水仕事する大暑かな　七三
台風【たいふう】（秋）
　くつきりと台風の目の睨みつつ　三九
田植【たうえ】（夏）
　田植ゑて後ひろびろと今朝の雲　一八
筍【たけのこ】（夏）
　いたはりのつひの一鍬筍に　一五
　筍の次々に立つ寺の裏　一五
凧【たこ】（春）
　故郷や車窓はるかに凧　一〇七
近松忌【ちかまつき】（冬）
　大阪に住めば懐かし近松忌　四一
粽【ちまき】（夏）
　解くといへど疾くとはゆかず粽解く　八九
追儺【ついな】（冬）
　鬼やらひ鬼は金棒ひびかせて　七九
　千代の富士名入りの枡や鬼やらふ　七九
霾【つちふる】（春）
　霾や人智を嗤ふ風の神　一二七
露草【つゆくさ】（秋）
　露草に露受けとめる唇のあり　二一
田楽【でんがく】（春）
　昼酒は遊山のはじめ箱田楽　一〇八

冬瓜【とうが】（秋）
冬瓜の平左衛門のころがれり　三九
満天星の花【どうだんのはな】（春）
満天星の花ひとつづつ水の玉　一二九
蜥蜴【とかげ】（夏）
すばやさの尾へと流るる蜥蜴かな　五三
心太【ところてん】（夏）
涼しさを目にもの見せんところてん　一一五
年越【としこし】（冬）
父母を連れていづこへ年を越す　七七
年の暮【としのくれ】（冬）
ええもんや錦小路の年暮れて　九九
年忘【としわすれ】（冬）
姥ぶりをたがひに自慢年忘れ　一四三
土用波【どようなみ】（夏）
海の底空の果てから土用波　一三五

な行

梨【なし】（秋）
母のため梨賽の目に刻みけり　二一
茄子【なす】（夏）
窯変の茄子や茸や精進揚げ　一三五
茄子の馬【なすのうま】（秋）
背をすべり落ちるな茄子の裸馬　三七
夏【なつ】（夏）
こんなもんではおまへんえ京の夏　九二
夏シャツ【なつしゃつ】（夏）
老年に壮気いくばく白きシャツ　一一四
夏の川【なつのかわ】（夏）
藻の花に足ゆらゆらと夏の川　一一二
夏の潮【なつのしお】（夏）
夏潮の香りのこの句あの句かな　一三七
夏の果【なつのはて】（夏）
行く夏の万年筆を洗ひけり　七三
行く夏やいよよ勢ふ狐川　七〇
夏料理【なつりょうり】（夏）

一滴が馳走のはじめ夏料理　三三
菜の花【なのはな】（春）
もどりたき菜の花畑の世界かな　八八
煮梅【にうめ】（夏）
座敷まで煮梅匂ふや祖母の家　三二
逃水【にげみず】（春）
逃水となりてかの人遠ざかる　一〇五
日日草【にちにちそう】（夏）
日々草雨止みてまた咲きはじむ　三六

は行

白菜【はくさい】（冬）
白菜も蕪もとれたて冷んやりと　四〇
初鏡【はつかがみ】（新年）
初鏡馴れて親しき今の顔　四五
初鰹【はつがつお】（夏）
土佐風に大皿に盛る初鰹　三一
初氷【はつごおり】（冬）
昨夜何に腹を立てしか初氷　七八
初芝居【はつしばい】（新年）
海老蔵をにらみかへさん初芝居　四五
初音【はつね】（春）
初音して雨の柩を見送りぬ　五〇
初春【はつはる】（新年）
初春や梅も紅葉も京人参　九
ふしぎげに我を見る嬰や花の春　八三
彫師刷師をんな働く江戸の春　六三
初日【はつひ】（新年）
初日浴び眉根気高き赤子かな　二七
初詣【はつもうで】（新年）
眠さうなわが家の神へ初詣　四六
初猟【はつりょう】（冬）
長老の一弾をもて猟はじめ　二三
花【はな】（春）
十重二十重真中に阿国花の舞　一〇四
花筏【はないかだ】（春）

古池のひたと動かず花筏　一二九
花曇【はなぐもり】（春）
大勢の足湯しづかや花曇り　一〇五
花野【はなの】（秋）
夢にまた見知らぬ国の大花野　九五
花火【はなび】（秋）
音のみの花火うるはし夜の風　一三二
峠から見知らぬ村の遠花火　一三七
花冷え【はなびえ】（春）
花冷や豆を煮ながら思ふこと　四九
花びら餅【はなびらもち】（新年）
めでたさをひとつかさねて花びら餅　六四
花見【はなみ】（春）
借景の花見しづかや昼一人　八四
母の日【ははのひ】（夏）
母の日や母を真中に中華卓　五一
蛤【はまぐり】（春）
焼かれゐる蛤しづか浜は昼　一二八

針供養【はりくよう】（春）
針供養さぞや蒟蒻痛からん　一二
春一番【はるいちばん】（春）
眠られぬ一夜に去りぬ春一番　一二七
春風【はるかぜ】（春）
春風の声の名乗りもあれつきり　一三〇
春着【はるぎ】（新年）
老いめでた若草色の春着こそ　四六
手巻き寿司春着の袖をたくし上げ　二八
誉められていよよ華やぐ春着かな　二七
春の空【はるのそら】（春）
雲に立つ真白き富士も春の空　八四
春の霙【はるのみぞれ】（春）
猫の目に春のみぞれの降りしきる　六五
春めく【はるめく】（春）
さきがけて横浜港は春らしく　一〇八
ハンモック【はんもっく】（夏）
宙に吊る白きロープのハンモック　一三六

菱餅【ひしもち】（春）
菱餅を召されし唇の清らかな　四七
雛納【ひなおさめ】（春）
かんばせをゆるくくるみて雛納む　四八
黒髪を羽で一拭き雛納め　三〇
雛祭【ひなまつり】（春）
雛段や障子あければ朝日射す　三〇
冷汁【ひやじる】（夏）
冷しやぶに野菜ざくざく昼餉とす　一三三
昼寝【ひるね】（夏）
さびしさも一段落の昼寝かな　五二
桃の畑甲斐の連山大昼寝　七一
風船【ふうせん】（春）
紙風船空気押しつつ畳みけり　八七
金髪の子らと突き合ふ紙風船　八七
風船売り去りて閑散パリは昼　一二八
風鈴【ふうりん】（夏）
鍛錬の火箸風鈴澄みわたる　一三四
蕗【ふき】（夏）
蕗の筋とりつつ母と語りし日　六八
福藁【ふくわら】（新年）
福藁でぽつくり拭ふ舞妓かな　一〇三
藤【ふじ】（春）
藤老いて瑞々しくも花ざかり　八五
二日【ふつか】（新年）
湯に浸るはだか幸あれ今朝二日　六三
冬の朝【ふゆのあさ】（冬）
啜る茶に温もるまぶた冬の朝　五七
冬の空【ふゆのそら】（冬）
冬空や動いてゐるか観覧車　六〇
冬の波【ふゆのなみ】（冬）
寒怒濤海の老いたる姿かな　一一八
蓬萊【ほうらい】（新年）
九十の父母に蓬萊日和かな　一〇
牡丹鍋【ぼたんなべ】（冬）
山駆けるきほひそのまま牡丹鍋　九七

盆の月【ぼんのつき】（秋）
ほうとして道を照らすや盆の月　三八

ま行

蟻蠓【まくなぎ】（夏）
夕刊をとるやまくなぎ払ひつつ　一三〇
甜瓜【まくわうり】（夏）
祖母もぎて十二の吾へ甜瓜　一一一
松飾る【まつかざる】（冬）
松飾る手に風花の舞ひはじむ　一四三
松茸【まつたけ】（秋）
松茸の籠高下駄の板前は　一一六
南風【みなみ】（夏）
半島の海のパエリア南風　三四
名月【めいげつ】（秋）
名月や庭木をわたる蜘蛛の糸　九四
目刺【めざし】（春）
藁ぬいてまた並べおく目刺しかな　四八
芽立ち【めだち】（春）
痛さうや赤き萏のふくらむは　六六
木蓮【もくれん】（春）
江ノ電や次から次へ白もくれん　一二
はくれんは光放ちては散華せり　一三
桃【もも】（秋）
桃の実の硬きが旨し山廬かな　二〇
桃吹く【ももふく】（秋）
棉の桃むかしアメリカ土産とす　一三八

や行

山鳥【やまどり】（春）
山径を今よぎりしは山鳥か　六九
山笑ふ【やまわらう】（春）
物干場あちらこちらの山笑ふ　八五
弓始【ゆみはじめ】（新年）
弓始一矢もてみなあらたまる　八三
百合【ゆり】（夏）

伊勢丹や大きバケツに鉄砲百合　一九
山百合のまつすぐな香を山廬かな　一八
百合揺るる村の小道を軽井沢　八九
夜寒【よさむ】（秋）
机の灯いよよ眩しき夜寒かな　一四〇
読初【よみぞめ】（新年）
読初めの百人一首みな恋歌　一〇三

ら行

利休忌【りきゅうき】（春）
一幹の竹に声あり利休の忌　一三
立秋【りっしゅう】（秋）
今朝の秋たるめば見ゆる蜘蛛の糸　一九
立春【りっしゅん】（春）
今ごろは春来てゐるか五合庵　三一
富士はまだ雪深々と春立ちぬ　一〇
立冬【りっとう】（冬）
冬といふ頼もしきもの冬に入る　二二
流氷【りゅうひょう】（春）
氷山のぐらりと傾ぐ闇の中　六六
流氷の真白き欠片ひしめき来　四九
礼者【れいじゃ】（新年）
風来の隣の猫の礼者かな　二八

わ行

侘助【わびすけ】（冬）
侘助のかじかみながら開きけり　七八

初句索引

あ

青嵐　三二
秋潮の　一三九

い

家神の　七七
伊勢丹や　一九
痛さうや　六六
いたはりの　一五
無花果は　一一八
一輪の　一一
一幹の　一三
いつせいに　八八
一滴が　三三
今ごろは
　秋風立つや　七六
　春来てゐるか　三一
今さらに　五一
伊予に生れ　七六

う

飢ゑ餓ゑ　一一九
鵜老いて　九〇
浮くとなく　一一七
牛蛙　一七
羅や　九二
鷽替の　六四
姥ぶりを　一四三
海の家　五四
海の底　一三五
梅酒瓶　六九

え

ええもんや　九九
江の島や　一〇九
江ノ電や　一二
海老蔵を　四五

お

老いはさて　一三一
老いめでた　四六
大枝の　二九
大方は　六八
大阪に　四一
大鱸　五六
大勢の　一〇五
落葉枯葉　九八
落し文　三五
音のみの　一三二
鬼やらひ　七九
朧夜の　六七
思ひ出に　五二
折詰めに　九六
折れ枝を　五三

か

牡蠣フライ　一四二
鵲の　六七
傘立てに　一一二
数の子を　九
風来ますな　一三一
河童くれし　九一
歌舞練場　一〇四
紙風船　八七
皮ぱりと　一一七
寒蜆　一二〇
関東の　四一
寒怒濤　一一八
寒海苔や　一二〇

かんばせを　四八

き

祇園会や　一一三
義仲寺や　一三九
着ぶくれて
　転がり出でん　五八
　車内でかばふ　五九
貴船笹　一三二
九十の　一〇
けふもまた　一一四
切り口の　一三八
霧の奥　七五
金髪の　八七

く

草取りの　一三三
くつきりと　三九
雲に立つ　八四
蜘蛛の囲の　三六
　クリームに　三四
黒髪を　三〇

け

渓谷に　一七
今朝の秋　一九

こ

口中に　七二
紅梅と　一一
蝙蝠の　七二
コーヒーゼリー　一三四
極彩の　一三六
子まご無き　五六
更衣　一六
こんなもん　九二

さ

さきがけて　一〇八
桜鯛　一〇九
座敷まで　三二
さびしさも　五二
五月雨や　一六
猿廻し　一二五

し

塩鮭や　一一九
失恋か　一〇六
借景の　八四
十代の　七四
春愁や　八六
正月に　一二六
白魚や　二九
白髪とて　五五
白妙の　三三
白南風や　一一〇

す

西瓜食ふ　一一六
すき焼や　一四一
少し右　一四二
酢沁みて　一一三
涼しさを　一一五
啜る茶に　五七
すばやさの　五三

せ

節分の　一二一
攻めし国　五五
背をすべり　三七
全身で　一四
禅寺や　七〇

そ

祖母もぎて　一一一

た

大根の　四〇
田植ゑて　一八
筍の　一五
竹の骨　九三
多摩川や　九一
淡紅の　六五
鍛錬の　一三四

ち

小さな子　一四〇
小さき子は　五四
父母を　七七
宙に吊る　一三六
長老の　二三
千代の富士　七九

つ

机の灯　一四〇
霾や　一二七
露草に　二一

て

手巻き寿司　二八

と

冬瓜の　三九
峠から　一三七
満天星の　一二九
十重二十重　一〇四
遠き日に　九三
解くといへど　八九
土佐風に　三一

な

流れ藻を　七四
渚ゆく　一四
鳴き止んで　七一
夏潮の　一三七
何想ふ　九四
何呑みて　一二五

に

二階から　四七
逃水と　一〇五
日々草　三六

ぬ

塗椀の　三八

ね

猫の目に　六五
眠さうな　四六
眠られぬ　一二七

は

蝿歩む　五八
白菜も　四〇
「白」といふ　一四一
はくれんは　一一三
初鏡　四五
初音して　五〇
初春や　九
初日浴び　二七
花鳥の　三五
花冷や　四九
花びらの　九五
母のため　二一
母の日や　五一
針供養　一二
春風の　一三〇
半島の
　海のパエリア　三四
　丘の畑の　二二

ひ
菱餅を　四七
ぴちぴちと　一〇七
雛段や　三〇
氷山の　六六
昼酒は　一〇八
昼過ぎて　一〇六
ふ
風船売り　一二八
風来の　二八
蕗の筋　六八
福藁で　一〇三
藤老いて　八五
ふしぎげに　八三
富士山を　一一〇
富士はまだ　一〇
冬空や　六〇
冬といふ　二二
降りやまぬ　九七
古池の　一二九
ブルーマーの　九六
故郷や　一〇七
ほ
ほうとして　三八
放牧の　三七
誉められて　二七
彫師刷師　六三
ま
また詣で　一一一
松飾る　一四三
松茸の　一一六
む
昔ここ　七五
ムニエルの　五七
め
名月や　九四
めでたさを　六四
も
黙々と　七三
もどりたき　八八
藻の花に　一一二
物干場　八五
桃の畑　七一
桃の実の　二〇
や
焼かれゐる　一二八
山駆ける　九七
山寺の　九〇
山の出汁　二〇
山径を　六九
山百合の　一八
ゆ
夕刊を　一三〇
ゆく夏の　一一五
行く夏の　七三
行く夏や　七〇
湯に浸る　六三
弓始　八三
夢にまた　九五
百合揺るる　八九
よ
窯変の　一三五
昨夜何に　七八
読初めの　一〇三
り

流氷の　四九

れ

冷しやぶに　一三三

ろ

老年に　一一四
ロンドンの　九八

わ

若返る　一二六
若き日に　八六
忘れえず　五九
忘れめや　五〇
棉の桃　一三八
侘助の　七八
藁ぬいて　四八

著者略歴

越智　淳子（おち　じゅんこ）

二〇一二年一月「古志」入会
二〇一六年「古志」同人

一九四六年生まれ。横浜市在住。早稲田大学第一政経学部卒。元外交官（在外勤務はシカゴ、英国、ノルウェー、ハンガリー、フィンランド、ポートランド）、本省では英国における日本文化紹介事業ジャパンフェスティバル１９９１の準備と実施に従事。国連環境計画機関（大阪）出向。退官後ポートランド州立大学夏期客員講師、ハーバード大学日米関係プログラム研究員、日本フィンランド新音楽協会（一柳慧会長）元理事。現在、大岡信研究会運営委員、国際俳句協会会員、中村真一郎の会会員、日英音楽協会特別顧問。日英音楽協会の委嘱により日英語で「緑なす二つの島国；Two Great Green Island Nations」作詞（Jonathan Gregory 作曲、二〇二三年三月ロンドン初演）。令和四年度芭蕉祭献詠俳句特選、二〇二三年度国際俳句協会大会特選。

古志叢書第七十四篇

句集　土用波

初版発行日　二〇二四年十二月十九日
著　者　越智淳子
定　価　二二〇〇円
発行者　永田　淳
発行所　青磁社
京都市北区上賀茂豊田町四〇－一（〒六〇三－八〇四五）
電話　〇七五－七〇五－二八三八
振替　〇〇九四〇－二－一二四二二四
http://seijisya.com
装　幀　加藤恒彦
印刷・製本　創栄図書印刷

ISBN978-4-86198-611-6 C0092 ¥2200E